La Abeja
que Perdió su Zumbido

ISBN-13: 978-1499518788
ISBN-10: 1499518781

Book sales: lightlypress@gmail.com

Many thanks go to Heather Harper
and Adriana Gomez for their conscientious
work on the translation of this manuscript.

10 August 2015

La Abeja
que Perdió su Zumbido

Escrito e ilustrado por Reg Down

Puntitas Encuentra una Nota

Ratón Antón vive en una casa debajo de las raíces del Gran Roble, duerme profundamente con la cola envuelta alrededor de su cabeza.

"Despierta Ratón Antón," le dice el Sol brillando a través de la ventana, pero Ratón Antón sigue profundamente dormido en su cama, es muy perezoso.

"Despierta dormilón—le canta el Sol brillando muy fuerte—Es hora de despertarte y levantarte de la cama."

Ratón Antón bosteza, se estira y por fin se levanta. Menea sus deditos y mueve la nariz. Coge el cepillo y se peina, se acicala sin prisa peinando sus bigotes; los lustra y los limpia hasta que quedan brillantes.

"¿Seguirá dormida Puntitas?"—se preguntó—salió de su casa y trepó el tronco del Gran Roble.

Puntitas de Pies, es un hada que también vive en el Gran Roble dentro de una bellota muy muy chiquita.

Ratón Antón toca la puerta—toc, toc, toc—pero nadie le abre. Así que levanta la tapa y echa un vistazo. Puntitas está profundamente dormida en su suave cama de plumas.

"Despierta Puntitas—dice Ratón—¡Arriba, arriba!"

Puntitas de Pies se frota los ojos, sonríe, bosteza y se despereza. Se levanta de la cama y lo primero que hace es decir sus oraciones.

"Ángel de Dios que me cuidas
Eres la llama brillante detrás de mí,
Eres la estrella reluciente encima de mí,
Eres la suave vereda bajo mis pies,
Eres el buen pastor protector,
Hoy, Esta noche y Siempre."

Después se lavó las manos y la cara, se peinó su pelo dorado y alisó su vestido azul celeste. Mientras se ponía sus zapatos vio una nota tirada en el suelo que decía:

¡AYUDA, AYUDA! ABEJA HA PERIDIDO SU ZUMBIDO!

"Cielos—le dice a Ratón Antón—¡Abeja ha perdido su zumbido! Debemos ayudarla."

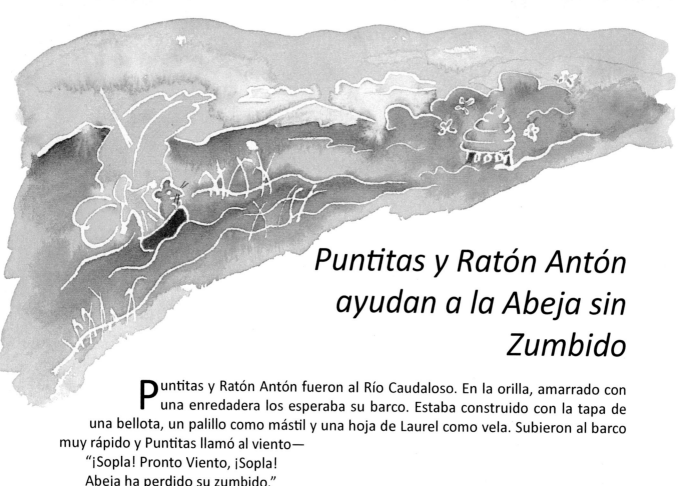

Puntitas y Ratón Antón ayudan a la Abeja sin Zumbido

Puntitas y Ratón Antón fueron al Río Caudaloso. En la orilla, amarrado con una enredadera los esperaba su barco. Estaba construido con la tapa de una bellota, un palillo como mástil y una hoja de Laurel como vela. Subieron al barco muy rápido y Puntitas llamó al viento—

"¡Sopla! Pronto Viento, ¡Sopla!
Abeja ha perdido su zumbido."

El viento llegó rápido y sopló. Por las altas olas navegaron hasta que a la Casa de Abeja llegaron.

¡Bzzz, bzzz!—hacían las abejas pues a las abejas les gusta vivir juntas—¡bzzz, bzzz! Decían mientras volaban dentro y fuera de su panal. Encima del panal estaba Abeja sentada llora que llora.

"Puntitas, Ratón Antón—lloraba Abeja—¡He perdido mi zumbido!" Y movía sus alas arriba y abajo, pero no hacía ningún sonido.

"¿Qué pasó?—preguntó Ratón Antón—¿Cómo perdiste tu zumbido?"

"Ay, Ratón Antón—dijo Abeja llorando—me paré en el Señor Cactus y estaba enojado, una de sus espinas se llevó mi zumbido ¡y no sé qué hacer!" Y empezó a llorar de nuevo.

"No llores—dijo Puntitas—hablaremos con el Señor Cactus."

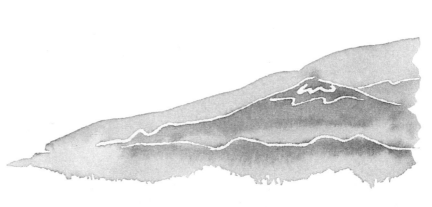

Al Señor Cactus no le gusta que lo toquen y por eso es que está cubierto de espinas puntiagudas. Cuando ellos llegaron a verlo sus espinas se veían puntiagudas y filudas. En una de ellas estaba el zumbido de abeja. Pobre zumbido, tan triste y desamparado. De vez en cuando intentaba zumbar, pero lo único que salía era 'zzt, zzt,' ¡y eso no se parecía en nada a un zumbido!

"¿QUÉ ES LO QUE QUIEREN?—dijo Cactus con tono enojado—¿QUÉ QUIEREN DE MI, POR QUÉ ME MOLESTAN?"

"Señor Cactus—dijo Puntitas—una de sus espinas ha atrapado el zumbido de Abeja y no lo quiere soltar ella está muy triste."

"¡PUES NO DEBIÓ ACERCARSE TANTO!—contestó Cactus con tono gruñón—¿PARA QUÉ CREEN QUE TENGO TANTAS ESPINAS?"

"Pero también tiene flores hermosas—dijo Ratón Antón—Se ven tan hermosas y de tantos colores, que Abeja no resistió y en una de ellas se paró. ¡Eso es lo que hacen las abejas! ¡Es su trabajo! Por favor, libere al zumbido de Abeja."

"Sí, ¡por favor! ¡Por favor!—rogaba Puntitas—De verdad, sus flores son muy hermosas y las abejas deben hacer su trabajo o no serían abejas. Por favor, libere al zumbido de Abeja."

"Está bien—dijo Cactus—estoy apenado, es difícil ser un Cactus. Tengo que estar enojado todo el día. Hoy fui especialmente gruñón pues todo el mundo se detuvo a ver mis flores y no me gusta que la gente se acerque tanto a mi." Entonces meneó su espina y el zumbido de Abeja se cayó con un cataplás en la espalda de Abeja.

"¡Bzzz, bzzz!—dijo Abeja—¡Bzzz, bzzz!" Estaba feliz de tener su zumbido de vuelta. Bailó un baile de abeja, voló muy alto y zumbó de regreso a su panal. Era una abeja ocupada y tenía mucho trabajo que hacer.

Puntitas le Canta a Renacuajo

Puntitas estaba sentada en una hoja de lirio a la orilla del Pantano Empapado. Movía sus pies en el agua y cantaba su Canción de Lirio en el Agua:

"Quiero ser un Lirio de Agua
Flotando en un estanque,
Quiero tener un pez dorado
Aleteando en mis pies
Salpicando agua refrescante."

"¿Dónde está Ratón Antón?" preguntó Rana saltando de hoja en hoja hasta llegar junto a Puntitas de Pies.

"Ahí está—le dijo Puntitas señalando la costa lejana del Pantano Empapado—Tiene hambre y busca semillas. ¿Y tu, ¿qué haces?"

"Nada—dijo Rana—Sólo estoy sentada."

Entonces Puntitas y Rana se sentaron un rato. Sentarse es divertido si sabes cómo hacerlo, tienes que sentarte muy quieto y mirar.

Una libélula iluminaba un junco, los colores de sus alas brillaban con la luz del sol. Después de un rato un mirlo con rayas rojas en las alas quiso aterrizar en el mismo junco y la libélula tuvo que moverse de ahí. Voló zumbando sobre el agua de aquí para allá.

"Libélula es el mejor aviador en el mundo—dijo Puntitas— Hasta puede volar hacia atrás."

"Es un aviador bueno—contestó Rana—pero ella no puede hacer cataplás en el agua como yo." Rana estaba muy orgullosa de su forma de salpicar.

Se sentaron otro rato, el aire estaba quieto y caliente. Un renacuajo se acercaba desde el fondo oscuro del Pantano Empapado. Nadaba alrededor de la hoja de lirio mirándolos todo el tiempo "¿Puedo salir ahora?—preguntó—Puntitas se rió— Tienes que esperar Renacuajito querido no tienes pier-nas todavía y necesitas piernas para brincar y hacer cataplás en el agua como debe ser," agregó Rana.

"Pero yo quiero ser grande como Rana—dijo Renacuajo— y sentarme en las soleadas hojas de lirio."

"Sé paciente," dijo Puntitas y le cantó una Canción de Renacuajo:

"Tara ta tán, tara ta tán,
Renacuajito pronto tus piernas saldrán
Y a brincar aprenderán
Tu cola se desvanecerá
Como la luna se desvanece,
Cuando amanece."

"Esa es una buena Canción de Renacuajo—dijo Rana—Se la cantaré como canción de cuna a mis renacuajitos esta noche," y saltó en el agua e hizo un hermoso splish.

"Adiós Puntitas," dijo Renacuajo, nadando detrás de Rana tan rápido como pudo.

"Es hora de volver a nuestro barco—pensó Puntitas—¡Ratón Antón! Ratón Antón!—gritó en el estanque—¿Dónde estás? Es hora de irnos."

"Aquí estoy"—gritó Ratón Antón—moviendo sus brazos desde un montón de hierba de pantano.

Empujaron su barco al agua y flotaron suavemente por Río Caudaloso. Sobre las olas navegaron arriba y abajo, arriba y abajo. El Sol se fue a dormir y la niebla se suspendía sobre el agua. Las ranas croaban en las cañas su nueva canción de cuna que para nosotros sólo sonaría, 'croac, croac.'

En el bosque, Búho llamaba, "¡Uu, uu! ¿Quién eres tú?" mientras que Ratón Antón y Puntitas se fueron a dormir meciéndose en su barco sobre el Río Caudaloso.

Puntitas Despierta a Ratón Antón Bruscamente

Puntitas se despertó. El sol sonreía. Río Caudaloso mecía el barco de un lado a otro. Ratón Antón aún dormía acurrucado en forma de bolita. Su cola ya no rodeaba su cabeza, se había desenroscado y colgaba por la pared del barco. Puntitas se inclinó para ver si estaba dentro del agua, sí estaba y se movía como una lombriz. Lucio, el Pez Grande, ¡había abierto la boca para morderla!

Puntitas agarró la cola y la jaló con toda su fuerza. La boca llena de dientes del pez cerró con un ¡Crujido! Puntitas se cayó hacia atrás en el barco y Ratón Antón despertó con un chillido.

"¡¡¡ESCUIIIIIIK!!!—gritó, saltando y jalando su cola de las manos de Puntitas—¡No tienes que jalarme la cola para despertarme!"

"Perdón—dijo Puntitas—pero Lucio, el Pez Grande, pensó que tu cola era una lombriz y se la iba a comer entonces la jalé rápidamente y me caí. No quise despertarte de manera tan brusca."

Ratón Antón miró al Sol, se reía; miró su cola, seguía entera—aunque quizás un poco adolorida—la punta estaba mojada, y realmente se veía como una lombriz. Así que ayudó a Puntitas a levantarse y dijo, "¡Tengo hambre! ¿Dónde podremos desayunar?"

Sin importar lo que pasara Ratón Antón siempre estaba hambriento, estaba creciendo.

"Visitemos a Piña de Pino y Pimientito antes de que se haga tarde," dijo Puntitas, y emprendieron su camino.

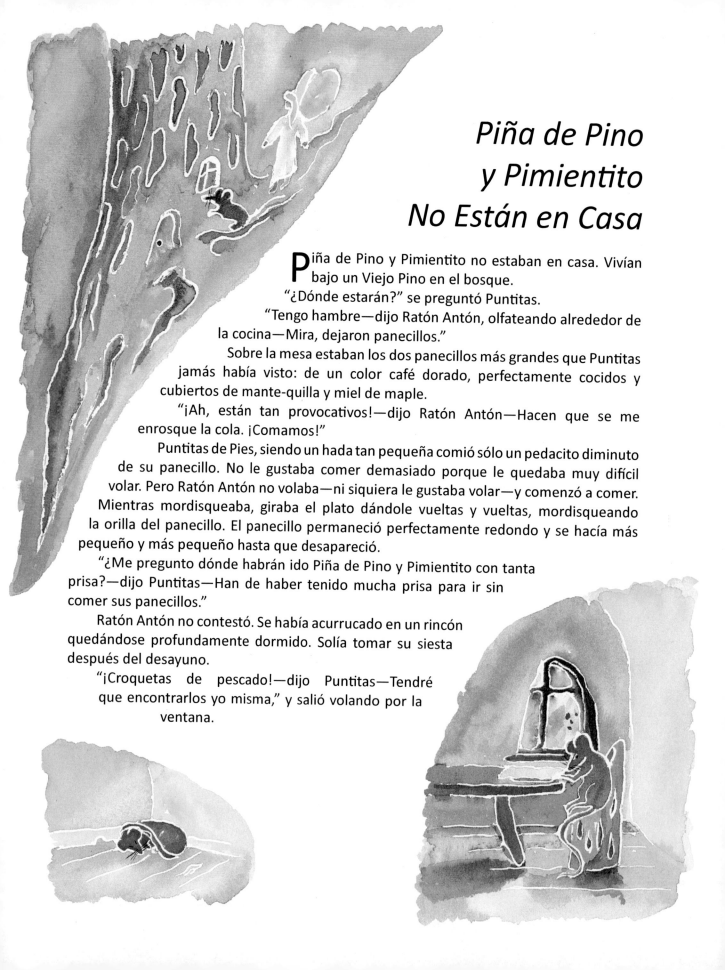

Piña de Pino y Pimientito No Están en Casa

Piña de Pino y Pimientito no estaban en casa. Vivían bajo un Viejo Pino en el bosque.

"¿Dónde estarán?" se preguntó Puntitas.

"Tengo hambre—dijo Ratón Antón, olfateando alrededor de la cocina—Mira, dejaron panecillos."

Sobre la mesa estaban los dos panecillos más grandes que Puntitas jamás había visto: de un color café dorado, perfectamente cocidos y cubiertos de mante-quilla y miel de maple.

"¡Ah, están tan provocativos!—dijo Ratón Antón—Hacen que se me enrosque la cola. ¡Comamos!"

Puntitas de Pies, siendo un hada tan pequeña comió sólo un pedacito diminuto de su panecillo. No le gustaba comer demasiado porque le quedaba muy difícil volar. Pero Ratón Antón no volaba—ni siquiera le gustaba volar—y comenzó a comer. Mientras mordisqueaba, giraba el plato dándole vueltas y vueltas, mordisqueando la orilla del panecillo. El panecillo permaneció perfectamente redondo y se hacía más pequeño y más pequeño hasta que desapareció.

"¿Me pregunto dónde habrán ido Piña de Pino y Pimientito con tanta prisa?—dijo Puntitas—Han de haber tenido mucha prisa para ir sin comer sus panecillos."

Ratón Antón no contestó. Se había acurrucado en un rincón quedándose profundamente dormido. Solía tomar su siesta después del desayuno.

"¡Croquetas de pescado!—dijo Puntitas—Tendré que encontrarlos yo misma," y salió volando por la ventana.

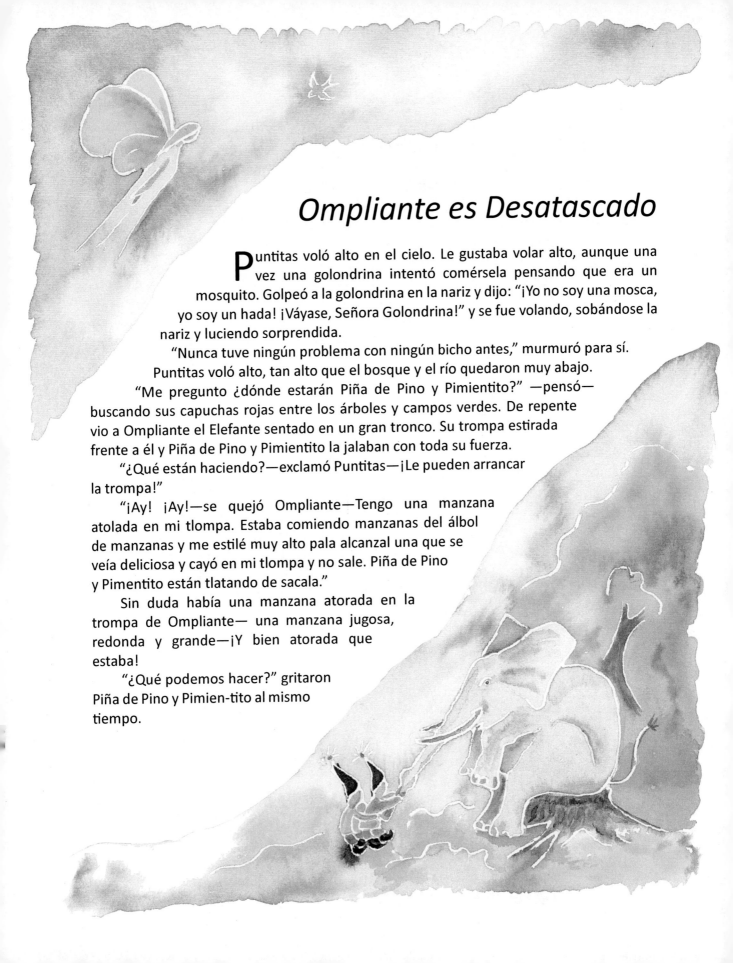

Ompliante es Desatascado

Puntitas voló alto en el cielo. Le gustaba volar alto, aunque una vez una golondrina intentó comérsela pensando que era un mosquito. Golpeó a la golondrina en la nariz y dijo: "¡Yo no soy una mosca, yo soy un hada! ¡Váyase, Señora Golondrina!" y se fue volando, sobándose la nariz y luciendo sorprendida.

"Nunca tuve ningún problema con ningún bicho antes," murmuró para sí.

Puntitas voló alto, tan alto que el bosque y el río quedaron muy abajo.

"Me pregunto ¿dónde estarán Piña de Pino y Pimientito?" —pensó— buscando sus capuchas rojas entre los árboles y campos verdes. De repente vio a Ompliante el Elefante sentado en un gran tronco. Su trompa estirada frente a él y Piña de Pino y Pimientito la jalaban con toda su fuerza.

"¿Qué están haciendo?—exclamó Puntitas—¡Le pueden arrancar la trompa!"

"¡Ay! ¡Ay!—se quejó Ompliante—Tengo una manzana atolada en mi tlompa. Estaba comiendo manzanas del álbol de manzanas y me estilé muy alto pala alcanzal una que se veía deliciosa y cayó en mi tlompa y no sale. Piña de Pino y Pimentito están tlatando de sacala."

Sin duda había una manzana atorada en la trompa de Ompliante— una manzana jugosa, redonda y grande—¡Y bien atorada que estaba!

"¿Qué podemos hacer?" gritaron Piña de Pino y Pimien-tito al mismo tiempo.

"Sacude la pimienta de tu barba Pimientito," dijo Puntitas.

Pimientito se llamaba Pimientito no sólo porque era malgeniado, sino también porque le encantaba la pimienta. Echaba tanta pimienta sobre su comida y sacudía el pimentero con tanta fuerza que la pimienta volaba hasta su barba. (¡Si alguna vez abrazas a Pimientito inmediatamente estornudas!)

Así que Pimientito sacudió su barba en la cara de Ompliante.

"A ... " dijo Ompliante.

"¡A! ... A!" dijo Ompliante otra vez.

"¡A! ¡A! ¡A! ACHUUUUUUU!" estornudó Ompliante, tan fuerte como sólo un elefante puede estornudar.

La manzana salió disparada de su trompa como un cohete. A Piña de Pino y Pimientito no se les ocurrió agacharse—hasta que fue demasiado tarde. ¡Más rápido que un rayo voló el gorrito de Piña de Pino y él de Pimientito también! Llevados por la manzana los gorritos volaron por encima de los árboles en un destello rojo.

"¡Uy! ¡Uy!—gritaron Piña de Pino y Pimientito—¡Nuestros gorros!"

"O, muchísimas gracias—dijo Ompliante el Elefante—Iré a casa a descansar después de semejante estornudo," y se movió con pesadez hacia el bosque.

"¡Nuestros pobres gorritos!—lloraron los gnomos— ¿Qué haremos?"

"Vamos a buscarlos"—dijo Puntitas—Y empezaron la búsqueda.

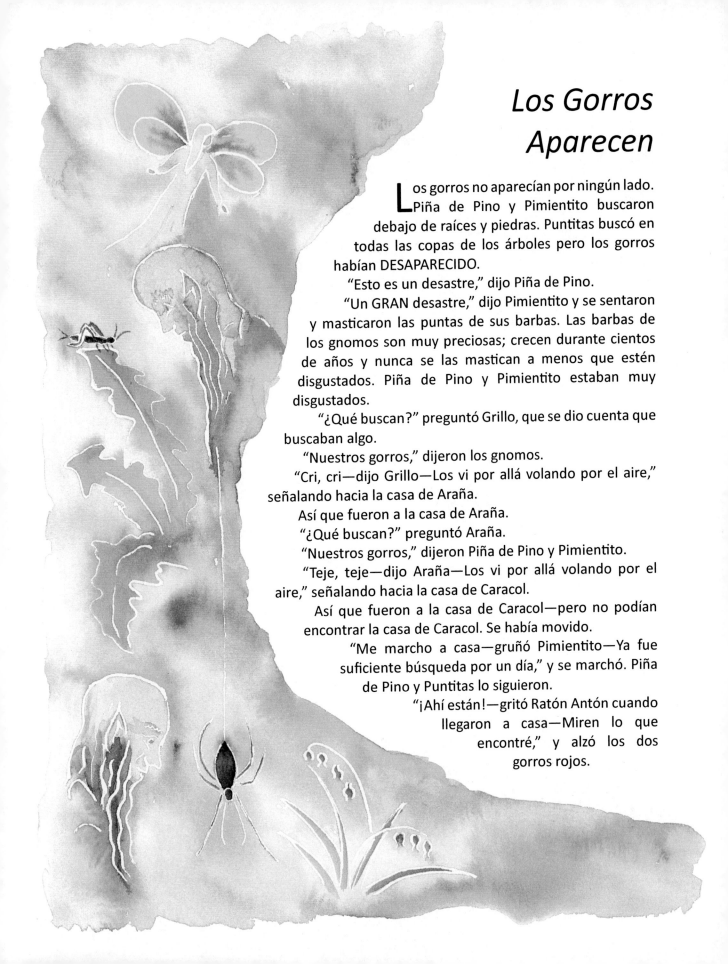

Los Gorros Aparecen

Los gorros no aparecían por ningún lado. Piña de Pino y Pimientito buscaron debajo de raíces y piedras. Puntitas buscó en todas las copas de los árboles pero los gorros habían DESAPARECIDO.

"Esto es un desastre," dijo Piña de Pino.

"Un GRAN desastre," dijo Pimientito y se sentaron y masticaron las puntas de sus barbas. Las barbas de los gnomos son muy preciosas; crecen durante cientos de años y nunca se las mastican a menos que estén disgustados. Piña de Pino y Pimientito estaban muy disgustados.

"¿Qué buscan?" preguntó Grillo, que se dio cuenta que buscaban algo.

"Nuestros gorros," dijeron los gnomos.

"Cri, cri—dijo Grillo—Los vi por allá volando por el aire," señalando hacia la casa de Araña.

Así que fueron a la casa de Araña.

"¿Qué buscan?" preguntó Araña.

"Nuestros gorros," dijeron Piña de Pino y Pimientito.

"Teje, teje—dijo Araña—Los vi por allá volando por el aire," señalando hacia la casa de Caracol.

Así que fueron a la casa de Caracol—pero no podían encontrar la casa de Caracol. Se había movido.

"Me marcho a casa—gruñó Pimientito—Ya fue suficiente búsqueda por un día," y se marchó. Piña de Pino y Puntitas lo siguieron.

"¡Ahí están!—gritó Ratón Antón cuando llegaron a casa—Miren lo que encontré," y alzó los dos gorros rojos.

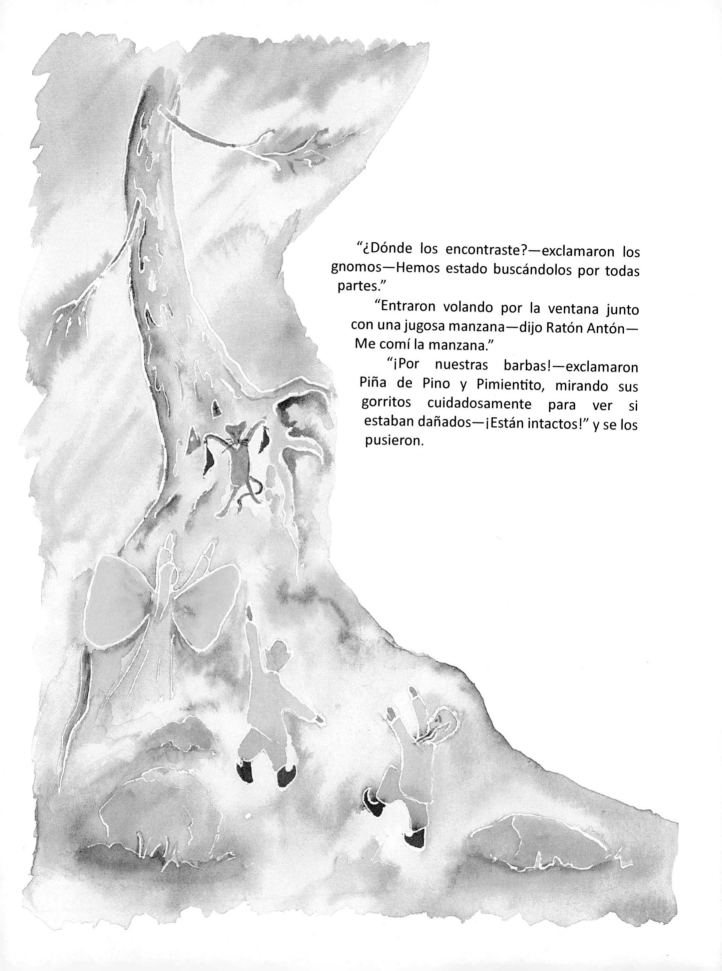

"¿Dónde los encontraste?—exclamaron los gnomos—Hemos estado buscándolos por todas partes."

"Entraron volando por la ventana junto con una jugosa manzana—dijo Ratón Antón—Me comí la manzana."

"¡Por nuestras barbas!—exclamaron Piña de Pino y Pimientito, mirando sus gorritos cuidadosamente para ver si estaban dañados—¡Están intactos!" y se los pusieron.

Lombriz se Queda Tiesa

Los gnomos freían panecillos pero Ratón Antón estaba muy lleno. Sentía su barriga como un globo inflado. Se sentó en el alto césped junto al árbol de Pino y escuchó a los pájaros.

"¡Coo-Coo!" graznó Cuervo al pasar volando. "Rat-a-tat-tat," hizo El Pájaro Carpintero en lo profundo del bosque. "Chick-a-dí, chick-a-dí," dijo la familia de pájaros Carboneros. "Cri-Cri," chirrío Grillo desde la punta de una hebra de césped. Él no era pájaro pero de todos modos cantó.

Ratón Antón oyó una pequeña voz gritando, "¡Ayuda! ¡ayuda!" Miró alrededor, pero no vio nada.

"¡Ayuda! ¡ayuda!" dijo la voz otra vez.

Ratón Antón vio una lombriz que apenas alcanzaba a salir de su hueco. Estaba tirada en el piso muy quieta, extendida y muy tiesa.

"¡Ayuda! ¡ayuda!" gritó Lombriz otra vez, sin moverse.

"¿Qué te pasa?—preguntó Ratón Antón—¿Por qué estás tan quieta? ¿Por qué estás tan recta y estirada?"

"Me he quedado tiesa—lloró Lombriz mi enroscar salió corriendo."

"¡Te has quedado tiesa!—dijo Ratón Antón desconcertado—No sabía que los gusanos se podían quedar tiesos. ¿Qué es eso?"

"¿Acaso no sabes?—dijo Lombriz—toda Lombriz se puede enroscar—así nos arrastramos por todas partes. Así nos movemos si nos cargan. Mi Enroscar se ha escapado y no me puedo mover."

"Iré por Puntitas—dijo Ratón Antón—Ella sabrá qué hacer," y se escabulló rápidamente.

"¿Cómo te quedaste tiesa, mi querida Lombriz?" preguntó Puntitas cuando llegó. Le gustaban las lombrices y sabía que toda lombriz se puede enroscar.

"Ay, Puntitas—dijo Lombriz—salí de mi hueco enroscándome esta mañana temprano y Petirrojo, el Poderoso Come lombrices, voló muy bajo sobre mi cabeza. Mi Enroscar se asustó tanto que se escapó. Y ahora no me puedo mover, me he quedado tiesa."

Ratón Antón y Puntitas buscaron por todas partes a Enroscar, pero no lo pudieron encontrar.

"¿Dónde se habrá escondido?—Puntitas le preguntó a Lombriz—No lo podemos encontrar."

"Busquen en mi casa—dijo Lombriz—Está a salvo allá abajo."

Puntitas buscó en la Casa de Lombriz y cierta-mente, ahí estaba Enroscar. Se retorcía y temblaba, se veía muy asustado.

"Sube, pequeño Enroscar—dijo Puntitas—Estás a salvo." Pero Enroscar se quedó abajo. Tenía miedo.

Puntitas se hizo muy pequeña y bajó volando a la Casa de Lombriz.

"Pobre Enroscar—dijo ella—te ves muy asus-tado. Yo te daré valor," y tocó a Enroscar con su varita. Inmediatamente, Enroscar no tuvo miedo y retorciéndose subió por el hoyo. Tan pronto como estuvo afuera se metió dentro de Lombriz y Lombriz dejo de estar tiesa.

"Gracias por encontrar a Enroscar, Puntitas y Ratón Antón—dijo Lombriz—Es horrible quedarse tiesa," y se arrastró de regreso a su casa.

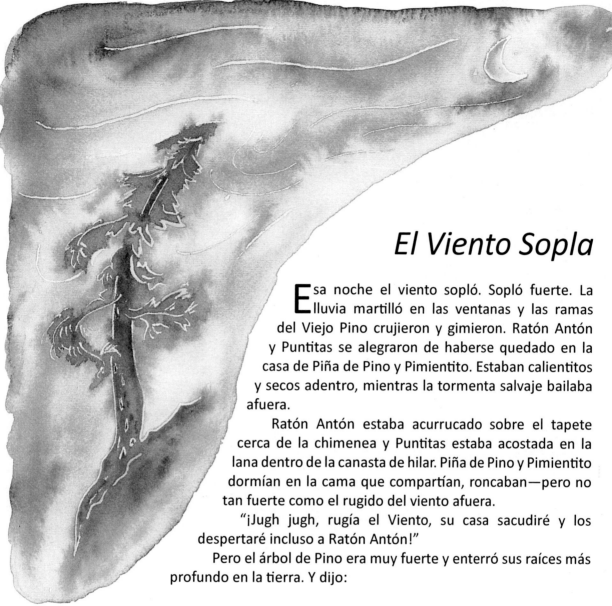

El Viento Sopla

Esa noche el viento sopló. Sopló fuerte. La lluvia martilló en las ventanas y las ramas del Viejo Pino crujieron y gimieron. Ratón Antón y Puntitas se alegraron de haberse quedado en la casa de Piña de Pino y Pimientito. Estaban calientitos y secos adentro, mientras la tormenta salvaje bailaba afuera.

Ratón Antón estaba acurrucado sobre el tapete cerca de la chimenea y Puntitas estaba acostada en la lana dentro de la canasta de hilar. Piña de Pino y Pimientito dormían en la cama que compartían, roncaban—pero no tan fuerte como el rugido del viento afuera.

"¡Jugh jugh, rugía el Viento, su casa sacudiré y los despertaré incluso a Ratón Antón!"

Pero el árbol de Pino era muy fuerte y enterró sus raíces más profundo en la tierra. Y dijo:

"¡Sopla, Viento, sopla!
¡Sopla tan fuerte como puedas!
¡Mis raíces crecerán!
¡Y más profundo se enterrarán!
¡La lluvia y la nieve me ayudarán—
De modo que Sopla, Viento, Sopla!"

El viento sopló y Ratón Antón, Puntitas, Piña de Pino y Pimientito estaban seguros y profundamente dormidos dentro del Viejo Pino.

La Desenredada de Pulpo

Por la mañana el Colibrí entró volando por la ventana y dijo: "A Pulpo se le han enredado sus piernas otra vez," y salió por la ventana en un santiamén.

"¡No!—¿Otra vez?—dijo Pimientito—Ahora tendremos que ir al mar."

"Hurra," gritaron Puntitas y Piña de Pino. Les gustaba estar junto al mar.

"¿Podemos desayunar primero?" preguntó Ratón Antón.

Después de comer panecillos y fresas bajaron al Río Caudaloso. Piña de Pino y Pimientito tenían su propio barco. Era un barco de verdad con remos de bambú. Lo habían encontrado en la arenera de la casa del Granjero Juan. Se llamaba 'Alondra' y Piña de Pino había pintado el nombre en azul en uno de sus lados.

"¿Dónde está nuestro barco?" gritó Ratón Antón.

"¡Desapareció!" exclamó Puntitas.

En efecto, el barco de bellota no estaba por ningún lado. Seguramente la tormenta lo arrastró.

"Nuestro barco es suficientemente grande para todos—dijo Piña de Pino—Vamos."

Entonces todos subieron al barco. Pimientito remó al centro del Río Caudaloso y la corriente del rio los llevó. El Sol sonreía—había ahuyentado a la tormenta y sólo quedaban nubes esponjosas y redondas flotando en lo alto del cielo.

Pasaron Piedra Grande donde estaba Tortuga sentada tomando el sol. Los saludó.

Pasaron la Casa de Pato en las cañas pero ella no estaba.

Pronto vieron el mar. Las olas del mar chocaban contra la costa y las gaviotas volaban en el aire. Pimientito remó hasta la orilla del río y sacaron a Alondra del agua.

"Primero encontremos a Pulpo," dijo Puntitas.

Pulpo vivía en los pozos que dejan las mareas entre las rocas. Él puede cambiar el color de su piel así que es muy difícil encontrarlo. Puntitas se asomó a un pozo que parecía un jardín. Vio mejillones púrpuras, lechugas verdes de mar, una estrella de mar, dos cangrejos rojos, tres caracoles dentro de sus caparazones—pero no a Pulpo.

"¡Aquí está! ¡Aquí está! ¡Lo encontré!—gritó Pimientito—¡Vengan rápido!"

Pulpo estaba en un gran pozo entre las rocas, ocultado por algunas algas. Sus piernas estaban muy enredadas. Parecía una madeja de hilo enredada.

"Ay, Pulpo—suspiró Puntitas—¿Has estado contando tus piernas otra vez?"

Pulpo era muy joven y sólo podía contar hasta siete. Cuando contaba sus piernas siempre le sobraba una, entonces empezaba a contar de nuevo empezando con la pierna que le sobraba y cuando terminaba otra pierna le sobraba. Pronto se encontraba enredado en una madeja y no podía nadar.

Piña de Pino sacó a Pulpo del pozo. Era un trabajo difícil desenredar todas sus piernas.

"Tienes OCHO piernas—dijo Piña de Pino y se las contó—Uno, dos, tres, cuatro, cinco, seis, siete, OCHO."

"¿Qué es OCHO?" preguntó Pulpo desconcertado.

"Olvídalo—suspiró Piña de Pino—¿Te arrojamos de nuevo al pozo?"

"Sí, por favor," dijo Pulpo.

Y así, con un empujón lo lanzó.

Puntitas Camina por la Costa

Puntitas caminaba por la costa. Las olas rodaban sobre la arena, una ola trató de agarrar sus pies. Puntitas extendió sus alas y rápidamente voló por el aire encima del agua. Se río, le gustaba molestar a las olas—y las olas se rieron también.

Vio Duendecillos de Agua jugando en el mar donde las olas se rompían.

"Ven a jugar," le dijeron los Duendecillos; pero Puntitas no podía jugar en el agua como ellos, era un elfo de los árboles.

"Ven, Viento—dijo ella—
Sopla con todo tu vigor.
Saca de las crestas de las olas
el blanco resplandor.
¡Sopla, Sopla con vigor!"

El viento sopló, las olas crecieron inmensas y los Duendecillos de Agua cantaron:

"¡Puntitas le dice al viento que sople,
Las olas crecen muy altas y se empinan hasta el tope
todas llevan coronas blancas, tan blancas como la nieve
Y de pronto se revientan y nada se mueve!"

Entonces los Duendecillos del Agua nadaron y se zambulleron con alegría adentro y afuera en el espumoso mar.

Piña de Pino y Pimientito
Conocen a Cangrejo

Piña de Pino y Pimientito se quedaron en los pozos entre las rocas. Encontraron pequeños cristales con rayas rosadas en las piedras. Piña de Pino encontró uno que era tan blanco como la nieve. Brillaba en el sol.

De pronto el viento comenzó a soplar.

"¿Por qué esta soplando tan fuerte el viento?" preguntó Piña de Pino.

"No sé—contestó Pimientito—No soplaba hace un minuto. Mira lo grandes que están las olas."

Encontraron un pozo entre las rocas donde se podían proteger del viento y se agacharon.

"Canta tu Canción de Cangrejo," dijo Pimientito.

Piña de Pino cantó:

"Debajo del agua azul,
¿ Será que hay un cangrejo
En el pozo de esta roca?
Sal para verte la boca
Déjanos verte—
Para conocerte
A la cuenta de tres—
Uno, Dos, ¡TRES!"

Había un cangrejo en el pozo entre las rocas. Caminó de lado para salir del agua y paró frente a ellos y preguntó :

"¿Quién me llamó?"

"Yo—dijo Piña de Pino—¿Oíste mi llamado?"

"Sí, lo oí—contestó Cangrejo—y mis piernas me trajeron aquí arriba sin permiso. ¿Cómo hiciste eso?"

"Es mi Canción del Llamado de Cangrejo—contestó Piña de Pino—Estamos buscando cristales."

"Y ¿por qué me llamaste?—preguntó Cangrejo—¡Yo no soy un cristal!"

"Nosotros no vivimos aquí pero tú si—dijo Pimientito—¿Has visto algún cristal que sea muy grande?"

"Sí, los he visto—dijo Cangrejo—Vengan conmigo."

Cangrejo caminó sobre las piedras hacia los riscos. "Hay mucho viento—dijo confundido—parece como si viniera una tormenta—pero no veo ninguna nube."

Cangrejo se escabulló entre una grieta estrecha en los riscos. Piña de Pino y Pimientito lo siguieron. Tuvieron que caminar de lado como Cangrejo para entrar. Después de unos cuantos pasos la grieta se abrió revelando una cueva.

"Ahí—dijo Cangrejo señalando con su pinza el fondo de la cueva—Ahora es un buen momento para verlo."

El sol brillaba por la grieta y sus rayos caían sobre un cristal azul. Era inmenso.

"Acérquense y miren adentro," dijo Cangrejo.

Piña de Pino y Pimientito se acercaron, lo miraron por dentro. Era azul oscuro, tan oscuro como el cielo a medianoche.

"¡Vemos estrellas!—gritaron los gnomos al tiempo—Están brillando. ¡Hay muchas!"

"Miren con más atención—dijo Cangrejo—Miren el centro."

Los gnomos miraron fijamente.

"¡Un sol!—gritó Pimientito—Un sol amarillo en un cielo azul, y miles de estrellas brillando."

Miraron durante un largo tiempo. Nunca habían visto algo asi. El sol se desplazó en el cielo y dejó de brillar dentro de la cueva.

"Se ha ido," dijeron decepcionados.

"Siempre pueden regresar," dijo Cangrejo.

"¡Lo haremos! Por supuesto que lo haremos!" contestaron los gnomos y siguieron a Cangrejo para salir de la Cueva de Cristal.

El Ratón Antón Recoge Zarzamoras

Ratón Antón no quiso caminar por la playa con Puntitas, ni buscar cristales con los gnomos. Entonces se fue a visitar a Ratona Adela que vivía en Banco Arenoso, donde las dunas de arena colindan con el bosque.

"Ratona Adela, Ratona Adela," llamó.

"Yuu-juu, ¿estás en casa?"

Ratona Adela asomó su cabeza por la puerta. "¿Qué haces aquí?" preguntó con sorpresa.

"Vinimos a desenredar a Pulpo," contestó Ratón Antón.

"¿Otra vez? ¡No!—y se río—¿Cuándo aprenderá a contar hasta ocho?"

Ratón Antón sacudió la cabeza con timidez, le gustaba Adela. Ella tenía un hermoso pelaje y una cola extra larga. "Vamos a recoger zarzamoras—dijo Ratón Antón—ya están maduras."

Las zarzamoras estaban muy maduras, se veían brillantes y dulces. Ratón Antón subió por una zarza y caminó pasito a paso hacia la punta de la rama agarrándose duro. La rama se fue bajando poco a poco acercándose cada vez más al suelo hasta que Adela pudo alcanzar la fruta jugosa.

"Ten cuidado—dijo Adela cuando la rama se mecía arriba y abajo—no te vayas a caer."

De pronto el viento empezó a soplar. Sucedió tan rápido que Ratón Antón no tuvo tiempo de bajarse de la zarza.

"¡Agárrate bien!—exclamó Adela—¡Agárrate bien!"

"Me estoy agarrando tan fuerte como puedo," gritó Ratón Antón, mientras que el viento movía la rama para arriba y para abajo, de un lado al otro, e incluso daba vueltas y vueltas. De repente una ráfaga de viento sopló y Ratón Antón no se pudo sostener ... Adela lo vio volar por el aire como un ave con sus piernas y su cola moviéndose en el viento. Ella no podía oír claramente lo que él decía antes de perderlo de vista, pero sonaba algo así como,

"¡¡¡AYUUUUUUDAAAAAAA!!!"

"Ratón Antón, Ratón Antón, ¿dónde estás?" gritaba mientras corría buscándolo.

"Aquí estoy," dijo él.

Adela corría en círculos, pero no lo podía encontrar.

"Aquí estoy," gritó otra vez, pero ella no lo veía por ningún lado.

"Mira hacia arriba Adela, estoy en el árbol."

Ella miró hacia arriba y ahí estaba sano y salvo en la copa de un árbol de Abedul.

"Puedes ver hasta el infinito desde aquí—exclamó Ratón—Veo los riscos y los pozos de las mareas entre las rocas, veo a Puntitas caminando por la playa—incluso puedo ver a Río Caudaloso. ¡Y mira! ¡También puedo ver nuestro barco de bellota, está en la costa! Vamos a decirle a Puntitas."

Ratón Antón bajó del árbol tan rápido como pudo y corrieron a contarle a Puntitas lo que habían encontrado.

Navegando a Casa

Piña de Pino y Pimientito se despidieron de Cangrejo mientras se metía en su pozo entre las rocas.

"Se está haciendo tarde—dijo Piña de Pino—Vamos a buscar a Puntitas y a Ratón Antón," y escalaron por las rocas hacía la playa.

"Ahí están, y Ratona Adela también—dijo Pimientito señalando hacia la costa—Qué están sacando del agua? Parece un barco."

"Sí es un barco," dijo Piña de Pino mientras se acercaban.

"Mira lo que encontramos—gritó Ratón Antón—Es nuestro barco de bellota. Puntitas dice que la tormenta lo sacó de la orilla del río y Río Caudaloso lo arrastró mar adentro. Ahora el viento lo ha regresado. Ha tenido una aventura."

"Por mi barbas—dijo Piña de Pino—¿Cómo más podría haber llegado hasta aquí? Ahora pueden navegar a casa."

"Se está haciendo tarde—dijo Puntitas—Ratón Antón y yo navegaremos y ustedes pueden remar a nuestro lado."

"Nos quedaremos otro día—contestó Pimientito—Vimos un hermoso cristal y queremos verlo otra vez mañana."

Ratón Antón se rascó la cabeza, no entendía por qué alguien querría ver un cristal dos días seguidos—por supuesto—él no había visto el cristal azul en la Cueva.

Puntitas y Ratón Antón empujaron su barco al agua y se subieron.

"Adiós Piña de Pino, Adiós Pimientito, Adiós Ratona Adela;" exclamaron mientras navegaban sobre Río Caudaloso.

"Adiós—se despidieron Ratona Adela y los gnomos—Adiós."

El Sol se ocultaba en el horizonte, el viento los empujaba mientras navegaban. Pasaron por la Casa de Pato, estaba sentada en su nido con sus patitos; algunos ya estaban durmiendo y otros se asomaban por debajo de sus alas. Pasaron Piedra Grande, estaba desolada.

Lentamente el Sol se escondió en el horizonte. La luna plateada trepó al cielo y Río Caudaloso quedó cubierto con rayos de luna bailando sobre él .

Cuando amarraron su barco de bellota en la orilla las estrellas brillaban relucientes. El viento era una simple brisa calmada.

"Buenas noches Ratón Antón," cantó Puntitas desde su casa de bellota en lo alto del Gran Roble.

"Buenas noches Puntitas de Pie," dijo Ratón Antón desde su casa debajo de las raíces del árbol. Enroscó su cola alrededor de su cabeza y se durmió.

~ Fin ~

Reg Down creció en Canadá, Namibia, Sudáfrica e Irlanda. Se entrenó como euritmista, un arte de movimiento y gesto, en Inglaterra y Alemania. Es padre de tres hijos, y ha enseñado la eurítmia en escuelas Waldorf en Australia, Canadá y los Estados Unidos. Muchos de sus libros infantiles, incluyendo el presente, surgieron de su trabajo con grupos de edad preescolar y de los primeros grados de primaria. También es el autor de *Leaving Room for the Angels* (AWSNA Publications), un libro sobre la eurítmia y la pedagogía artística, y de *Color and Gesture – the Inner Life of Color* (Lightly Press). Vive en Sacramento, California.

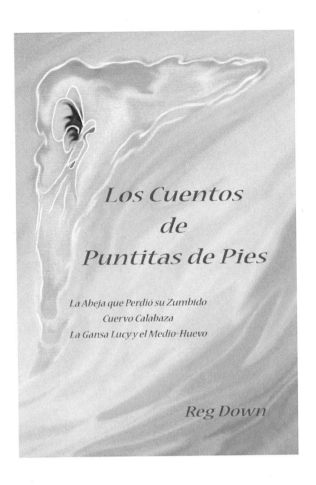

Los Cuentos de Puntitas de Pies

La Abeja que Perdió su Zumbido
Cuervo Calabaza
La Gansa Lucy y el Medio-Huevo

Reg Down

Puntitas vive dentro de una bellota en una rama alta del Gran Árbol de Roble. Una mañana, encuentra una nota en el suelo de su casa que dice: "¡Ayuda, ayuda! Abeja ha perdido su zumbido!" Ella y su amigo, Ratón Antón, navegan sobre Rio Caudaloso para ayudar a la abeja. El Señor Cactus, que es gruñón y sumamente espinoso, ha atrapado el zumbido de Abeja en una de sus espinas. Así empieza la aventura que lleva a Puntitas de Pies a la casa de Piña de Pino y Pimientito (que no están en casa todavía), luego navegan rio abajo hacia al mar para desenredar a Pulpo (que es demasiado joven como para contar sus piernas correctamente y siempre se confunde) y finalmente suben hasta llegar a la Montaña Nevada para averiguar con el mismo Jack Escarcha si es un gnomo (Piña de Pino dice que es un gnomo porque hace cristales) o un hada (Puntitas asegura que es un hada porque vuela por el aire). Jack Escarcha cuenta su propio mito de creación que contesta la pregunta de una manera sorprendente y maravillosa.

Los Cuentos de Puntitas de Pies se compone de tres aventuras: *La Abeja que Perdió su Zumbido*, *Cuervo Calabaza*, y *La Gansa Lucy y el Medio Huevo*. Ilustrados de manera espléndida y cariñosa por el artista-autor, los cuentos son cómicos, optimistas y divertidos. Son cuentos de la naturaleza que contienen inocencia y magia, aptos para leer a niños pequeños o para que los niños los lean.

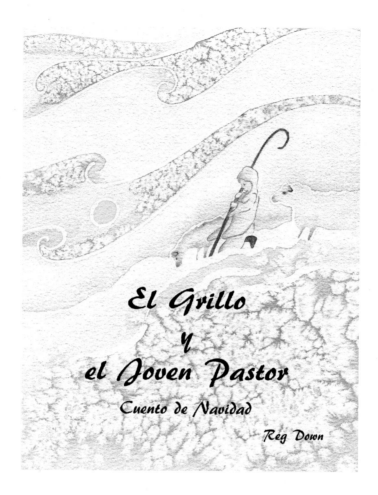

El Grillo
y
el Joven Pastor

Cuento de Navidad

Reg Down

El Grillo y el Joven Pastor cuenta la historia de un joven pastor que escucha un grillo cantando cerca de sus pies. El grillo habla con él y predice que el próximo invierno será especial y muy frío. Luego el grillo desaparece entre la hierba.

Ｅl invierno llega y es realmente un invierno fuerte. Una noche decorada con muchas estrellas, el grillo y el joven pastor se dirigen a un pesebre que está entre dos colinas. Allí encuentran una madre, un padre y un niño que irradia luz y calor para el mundo.

Este inocente y cálido cuento de la Natividad está dirigido a los padres para que se lo lean a sus niños en la época navideña. A pesar de ser una historia que siempre está vigente, este cuento está escrito para niños entre preescolar y cuarto o quinto grado de primaria.

41576484R00023